AF509274

PHILOCHRYSUS,

DRAMA

DABITUR

A SELECTIS

RHETORIBUS

In Regio LUDOVICI MAGNI Collegio
SOCIETATIS JESU.

*Die Mercurii vigesima Decembris, hora
post meridiem secunda.*

PARISIIS,

Apud Joannem MARIETTE Bibliopolam, via
Jacobæa, ad insigne Columnarum Herculis.

M. DCCII.
CUM PERMISSU.

ARGUMENTUM.

PHILOCHRYSUS homo ditiſſimus, idemque ſordidus inprimis, Theſaurum in ſilva defoderat, nemine facti conſcio, præter vicinum quempiam, cui fidebat plurimum. Ille nactus occaſionem faciendi lucri, theſaurum clam effodit, eoque potitur. Ablatas opes Philochryſus cum vidißet; fraudem ſuſpicatus, Vicinum convenit, & aliam habere ſe domi pecuniam profitetur, quam eodem in loco vellet recondere. Alter majori inhians prædæ, refert opes eò, unde rapuerat, quas brevi feneratas reciperet. Verum deluſa aviditas eſt. Quippe recuperatas opes continuit domi Philochryſus, iiſque, abjurata demum avaritia, commodum in ſuum uſus eſt.

Ex Sax. Gram.

SCENA
Romæ in domo Philochryſi.

Interloquentur ſingulis Actibus,

GUILLELMUS FRANC. CONTANT. *Pariſinus.*
CAROLUS BROQUET.   *Pariſinus.*

A ij

ACTUS I.

CUM nullam extorquere poffet a Philo-
chryfo patre pecuniam Afotus, unde
moleftum creditorem mitigaret, fuam cog-
nato Eugenio follicitudinem aperit. Pares
apud eundem jactat querelas Eraftus frater,
qui præreptam fibi penuriæ vitio Athenas cum
Eugenio vifendi opportunitatem dolebat. Au-
get utriufque mœrorem Dromo cum nunciat,
nullam ab amicis opem effe expectandam. Interim accedit Pamphilus adolefcentum patruus.
fpemque injicit impetrandi quidpiam a fratre,
cui lætiffimum nuncium afferret. Dum Philo-
chryfi fores pulfat, ille vix apertas ftatim oc-
cludit, fures veniffe queftus, opes ut raperent.
Fruftra profitetur Pamphilus adeffe nemi-
nem, fufpectus effe qui poffit: recludere oftium
negat Philochryfus, donec omnes præter fra-
trem abfcefferint. Illis morem gerentibus,
prodit Panurgo comite Philochryfus, & agit
fratri gratias, ex quo legatam fibi hereditatem
audit. Verum, inftante illo, ut in liberos pater
aliquid eroget, invehitur in Pamphilum Philochryfus, filios fuos nimia fratris indulgentia
depravari dictitans; Panurgo interim querelas patris approbante. Abit iratus utrique Pamphilus. Tum metuens ab fuorum infidiis Philochryfus init cum Panurgo confilium, ut opes
in filva proxima clam defodiat.

ACTUS II.

DUM plaudit fibi Philochryfus, quod fuas
in tuto putet opes, quas nemorum latebris crediderat ; adfunt à patruo Afotus &
Eraftus, graviter apud patrem expoftulantes,
quod dubiam ipforum fidem habere vifus effet.
At ex eorum colloquio veritus pater, ne fuf-
picati forfan id quod erat, recentes adforent
a filva proxima, metum diffimulat quidem
tantifper, fed in ambos graviter infultat, in
Afoto luxum, in Erafto defidiam increpans.
Mox utroque relicto, quafi domus ad cuftodiam,
thefaurum revifit. Illis cum injuftos patris me-
tus, tum rerum fuarum anguftias accufanti-
bus, aliquod Pamphilus affert folatium, dum
pollicetur ipfe de fuo, quod impetrari à Philo-
lochryfo poffe defperabant. Interim Dromo
nunciat vifum a fe Philochryfum, vicinum in
nemus qui pergeret : neque dubitat, quin illic
habeat defoffas opes : maxime cum ædes propa-
tulas & vacuas cuftode reliquiffet. Fidem facit
Philochryfus ipfe de filva redux, unde fublatum
aurum furentis in morem expoftulat. Fruftra
fuos percunctatur, aut excutit. Illi furtum in
Panurgum rejicere, quem adfuiffe teftem fa-
tetur Philochryfus, arculam auro plenam cum
reconderet. Hanc dolo recuperandam ratus,
talem ultro provinciam Dromo fufcipit, fi vin-

dicetur ipſe in libertatem , & utrique filio,
quod erat opus,erogetur a patre. Legem quan-
quam ægre accipit Philochryſus , & de re to-
ta cum Dromone ac ſuis conſulturus abſcedit.

ACTUS III.

POTITUS auro Philochryſi Panurgus &
ſuam ſibi ſortem gratulans, ultro venit
ad Philochryſum , ne longior abſentia furti
ſuſpicionem injiciat. Doctus a Dromone Philochryſus hominem pro more liberaliter exci-
pit; & legatam recens ſupereſſe domi pecuniam admonet, quam velit pariter latebris re-
conditam. Conſilium approbat Panurgus, ſe-
que adjutorem ſpondet. Dum abit Philochryſus domum , quaſi pecuniam quæſiturus; ſta-
tuit Panurgus ſublatas opes ad tempus repone-
re ; donec eaſdem feneratas reciperet. Reverſo
poſtmodum & urgente rem Philochryſo , petit
Panurgus reviſere domum prius ut liceat , jam
jam condicto in loco adfuturum ſe pollicitus.
Tum ſuos evocans Philochryſus, quid factum
ſit aperit. Exultare Dromo præ lætitia, & rem
eveniſſe, uti prædixerat, ſibi gratulari. Mox ipſe præmititur, Panurgum ut obſervet. Subſe-
quitur paulo poſt Philochryſus. Interim fratris
liberos hortatur Pamphilus, ut ab avaritia de-
clinent ſedulo, quam in parente ipſo dam-

haverant. Redit Dromo cum arcula quam ab
lufo Panurgo acceperat. Adeft & Philochryfus, qui liberata, quam dederat & libe-
ris & Dromoni fide, hoc infuper adjicit, ut
avaritiæ fordes abjuret.

ACTORUM NOMINA

& Perſonæ.

PHILOCHRYSUS Vir dives idem & ſordidus.
FRANC. JOACH. DE TALHOÜET DE LA
PIERRE. *Aremoricus*

ASOTUS Philochryſi filius natu major,
JOAN. BAP. CAR. DU TILLET DE LA
BUSSIERE. *Pariſinus*

ERASTUS alter Philocryſi filius,
JOANNES LUD. DE PHELYPEAUX. *Pariſinus,*

PAMPHILUS Philochryſi frater,
LUDOVICUS FRANC. LALLEMANT. *Pariſinus,*

EUGENIUS Pamphili filius,
PETRUS JACOBUS MOREAU. *Pariſinus.*

PANURGUS Philocryſi vicinus,
LUDOVICUS ROLLAND DAUBREÜIL. *Pariſinus.*

DROMO Philochryſi ſervus,
HILARIO DE BECDELIEVRE DE LA BUSNELAYS
DE TREAMBERT. *Nanneterſis*

RECITS
EN MUSIQUE
POUR SERVIR D'INTERMEDES
A PHILOCHRYSE
OU L'AVARE

SUJET.

PHILOCHRYSE, homme trés-riche mais fort avare, avoit enfoüi un trefor dans le coin d'un bois, fans que perfonne en fçeut rien, à la referve d'un Voifin, fur la fidelité duquel il comptoit beaucoup. Ce Voifin voyant une fi belle occafion de s'enrichir en un moment, déterre le trefor & l'emporte. Philochryfe s'etant apperçû du vol, va le trouver, & luy dit, qu'il a encore une fomme d'argent affez confiderable, qu'il vouloit cacher dans le mefme endroit où il avoit mis la premiere. L'autre court remettre ce qu'il avoit pris, dans l'efperance de faire bientoft un double butin. Mais il fe trouva bien trompé, lorfque Philochryfe ayant recouvert fon trefor, le retint chez foy, refolu de faire deformais un meilleur ufage de fes biens.

PROLOGUE.

Apollon invite la Jeunesse à un spectacle
capable de l'instruire & de la divertir.

APOLLON ET SA SUITE,

APOLLON.

VOUS qu' une heureuse destinée ,
A soûmis aux loix d'Apollon :
Accourez au sacré vallon ,
C'est en vostre faveur, Jeunesse fortunée ;
Que je fais retentir en ces aimables lieux
Mille concerts melodieux.

UN DE LA SUITE.

C'est Apollon qui nous appelle ;
Allons, courons à sa voix :
Qu'un soin fidelle ,
Nous rende dignes de son choix

CHŒUR.

Allons, courons à sa voix :
C'est Apollon qui nous appelle :
Par un soin fidelle
Montrons-nous dignes de son choix

APOLLON.

Nos jeux les plus charmans ont de quoy vous
instruire :
Et leurs charmes ne peuvent nuire :
Ils sçavent adoucir les plus rudes emplois.
A vostre âge ,
On n'est pas moins sage ,
Pour se rejoüir quelquefois.

CHOEUR.

A nostre âge ,
On n'est pas moins sage ,
Pour se rejoüir quelquefois.

APOLLON.

Sans craindre l'envie
Goustez de nos chants ,
Les plus doux accents :
Tout vous y convie :
D'innocens desirs ,
Font de la vie ,
Les vrais plaisirs.

CHOEUR.

D'innocens desirs ,
Font de la vie ,

Les vrais plaisirs.

UN DE LA SUITE.

Rangeons nous a l'envy sous sa conduite ai-
mable :
Mesme dans nos plaisirs il veut guider nos pas.
Sous un maistre si sage on ne s'égare pas.
Aprés quelques momens d'un repos agreable,
Le travail en a plus d'appas.

DEUX DE LA SUITE.

Sous son empire,
Tout flatte nos vœux ;
Son cœur n'aspire
Qu'à nous rendre heureux.

UN DE LA SUITE.

Que nos voix s'unißent
Et qu'à jamais ;
Ces lieux retentißent,
De ses bien-faits.

CHOEUR.

Que nos voix s'unißent.
Et qu'nà jamais ;
Ces lieux retentißent
De ses bien-faits.

I. INTERMEDE.

MALHEUR DE L'AVARE

dans la possession de son Tresor.

AH !   qu'elle folie !

Quelle étrange manie !

A quoy bon ces tresors l'un sur l'autre en-
tassez ?

Ne diras-tu jamais, Avare, cest assez ?

Profite mieux des douceurs de la vie.

Les ris, les jeux,

Amis du bel age,

Si tu le veux,

Seront ton partage ;

Si tu le veux,

Les ris, les jeux,

Combleront tes vœux.

CHOEUR.

Les ris, les jeux,

Amis du bel age,

14

Si tu le veux,

Seront ton partage :

Si tu le veux,

Les ris, les jeux

Combleront tes vœux.

UNE VOIX.

L'argent n'eſt fait que pour l'uſage ;

Eſt-ce eſtre ſage,

De le tenir dans l'eſclavage ?

Avare malheureux,

Voy létat facheux,

Ou l'erreur t'engage :

Tu perds l'avantage,

De vivre heureux :

CHOEUR.

Les ris, les jeux,

Si tu le veux,

Seront ton partage ;

Eſt-ce eſtre ſage,

De vouloir eſtre malheureux ?

UNE VOIX.

Ton cœur toûjours en proye aux funeſtes

allarmes,

Ne peut gouſter un moment de repos :
Et tandis que par tout des tranquilles pavots
Le ſommeil fait ſentir le pouvoir & les
charmes ;
Toy ſeul parmi les horreurs
Des plus mortelles frayeurs,
Tu n'as aucune part à cette paix profonde,
Dont joüit le reſte du monde.

CHOEUR.

Quelle rigeur !
Quelle douleur !

UNE VOIX.

Vaines richeßes,
L'appas trompeur
De vos careßes,
Ne ſeduira jamais mon cœur.

DEUX VOIX.

Non quand j'aurois pour gage
De voſtre foy,
Tout l'or que le Tage
Roule avec ſoy :
Non, non, vaines richeſſes,
L'appas trompeur

De vos careſſes,
Ne ſeduira jamais mon cœur.

CHOEUR.

Non ,non, vaines richeſſes,
L'appas trompeur
De vos careſſes ,
Ne ſeduira jamais mon cœur.

II. INTERMEDE.

PLAINTE DE L'AVARE

aprés avoir perdu fon Trefor.

L'AVARE.

DÉPIT, rage, fureur, je m'abandonne à vous,
 Terminez mon fort déplorable.
Je me flatois en vain d'un deftin favorable ;
 Les Dieux de mon bonheur jaloux,
Déchaifnent contre moy leur colere implacable!
 On me ravit mon efpoir le plus doux ;
Mon trefor, mon argent : ô fort impitoyable!
Ay-je pû meriter ce terrible courroux ?

Depit, rage, fureur, je m'abandonne à
 vous :
 Terminez mon fort déplorable.

Et vous que j'avois crû des temoins plus dif-
 crets,
 Lieux écartez, retraites fombres ;
Faut-il qu'à l'abry de vos ombres,

Vous n'ayez pû cacher plus long-tems mes se-
crets ?
'Ah sensibles du moins à mes tristes regrets ;
Montrez moy l'auteur de ma peine
Qu'il reßente, l'ingrat, tout le poids de ma
haine ..

helas helas !
Lieux écartez, vous ne répondez pas;

UNE VOIX.

Que ton sort est digne d'envie!
N'accuse point le ciel d'un injuste courroux:
Desormais sans craindre ses coups,
Tu peux d'une paisible vie,
Gouster les charmes les plus doux.

Des folles richeßes,
Fuyons l'embarras:
Toutes leurs careßes
Ne merittent pas ,
Que nous suivions leurs pas.
Fortune peu sage,
Malgré tes attraits,
Ton humeur volage

Ne donne jamais
De veritable paix.

CHOEUR.

Des folles richeffes, &c.

UNE VOIX.

Dans le permier âge du monde,
Avant que ce fatal poifon,
Des fortunez mortels eut troublé la raifon.
On gouftoit une paix profonde :
On n'entendoit par tout que le chant des oy-
    feaux,
Se mefler au bruit des ruiffeaux :
Et tandis qu'au bord des fontaines,
Exempts de foucis & de peines
Les Bergers enfloient leurs pipeaux,
Les tranquilles troupeaux
Bondiffoient dans les plaines
Au fon des chalumeaux.

UNE VOIX.

O temps plein de charmes !
Ah ! quand reverrons nous,
Sans bruit, fans allarmes :

Ah ! quand reverrons nous
Un temps si doux ?
CHOEUR.

O temps plein de charmes !
Ah ! quand reverrons nous,
Sans bruit, sans allarmes,
Ah ! quand reverrons nous,
Un temps si doux !

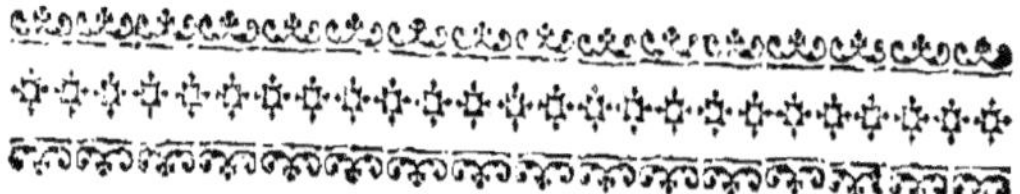

III. INTERMEDE.

REJOUISSANCE

DE L'AVARE

aprés avoir recouvert son Tresor.

L'AVARE.

LE Ciel à mes desirs enfin a répondu ;
 Ah ! que mon bon-heur est extresme !
 Qu'il est doux de revoir ce qu'on aime,
  Quand on croyoit l'avoir perdu !
  Que tu m'avois cousté de larmes ;
Cher tresor, que pour toy j'avois versé de
  pleurs !
Oublions desormais nos mortelles douleurs,
 Faisons cesser nos cris & nos allarmes.
Le Ciel à mes desirs enfin a répondu.
  Goustons le plaisir extresme,
   De revoir ce qu'on aime,
  Quand on croyoit l'avoir perdu.

De ce jour à jamais celebrons la memoire ;

Chantons, rejoüiſſons nous ;
Venez tous,
Prendre part à ma gloire :
Venez tous,
Chantons, rejoüiſſons nous.

CHOEUR.

Allons tous ;
De ce jour à jamais celebrons la memoire ,
Allons tous ,
Chantons, réjoüiſſons nous.

L'AVARE.

Ayant receû tant de biens en partage ,
Peu ſenſible à cette faveur ,
Je languiſſois dans un triſte eſclavage.
Ah ! quel malheur !
De negliger un ſi grand avantage !
Ah ! quel malheur !
De laiſſer captiver ſon cœur !
Mes propres maux m'ont rendu ſage ;
Prés de faire un triſte naufrage ,
Je m'en vois quitte pour la peur.
Ah ! quel bonheur !
D'échapper à l'orage ;

'Ah ! quel bonheur !
D'avoir pû dégager fon cœur.
CHOEUR.
'Ah ! quel bonheur !
D'échaper à l'orage ;
Ah ! quel bonheur !
D'avoir pû dégager fon cœur !
L'AVARE.
Evitons, fuyons l'Avarice,
Que ce caprice,
Caufe d'ennuy !
Eft-il fupplice,
Pareil à celuy,
D'amaffer pour autruy ?
Que fert l'opulence ?
C'eft un embarras,
Pour qui n'en ufe pas.
La riche abondance,
Ne fuit point nos pas,
'Au delà du trépas.
UNE VOIX.
Vous que le Ciel favorife
De fes dons precieux ;

Profitez-en mieux,
Que Philochryse :
Craignez la surprise
Des envieux.
Si les Richesses ont des charmes,
Elles ont aussi leurs allarmes.
Goustez-en le repos,
Sans en craindre les maux.

CHOEUR

Goustons-en le repos,
Sans en craindre les maux.

F I N.